딸의 아토피 극복기

아토피 환우와

그 가족들에게

딸의 아토피 극복기

글 조혜경

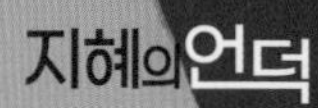

차례

시작은 작은 반점에서

2월 중순 이사

그날을 선명하게 기억하는 것은 우리가 이사한 다음 날이었기 때문이다. 우리 가족이 한국에 돌아와 거주하게 된 다섯 번째 집이었다. 처음 할머니 댁의 안방 한 칸에서 시작하여 18평 아파트, 27평, 25평, 그리고 이제 31평으로 하는 이사이기에 우리 가족은 모두 조금 넓어진 그 평수만큼 마음이 커져 있었고 마냥 기분이 좋았다. 터무니없이 오른 전셋값 때문에 도배 장판도 하지 않고 그냥 이사하겠다고 하자, 당시 도배를 배운 시누이가 이사 선물로 도배를

해주겠다고 자청했다. 우리도 흔쾌히 승낙했다. 도배만 해도 새집 같았다.

이사는 잘 끝났고 점심은 이삿날 빼놓을 수 없는 자장면과 탕수육으로, 저녁은 묵은 김치에 햄과 소시지를 넣은 부대찌개로 먹었다. 그리고 가족 모두 차례차례 잘 나오는 온수로 샤워하고 잤다(훗날 우리는 이날 딸이 무엇을 먹었나, 무엇을 만졌나, 무엇을 했나 수없이 복기해야 했다).

다음날, 방학이라 늦게 일어나 아침 겸 점심을 먹을 때 식탁에서 딸이 말했다.

"엄마 이게 뭐지?"

딸은 옷을 걷어 올린 팔을 내밀었다. 열꽃 같은 작은 반점이 몇 개 솟아 있었다. 대수롭지 않아 보였다.

"가려워?"

"조금."

"병원에 가볼까?"

"에이, 뭐. 이 정도로…."

딸도 크게 신경 쓰지 않았다. 고 2가 되는 딸은 이삿짐 정리가 덜 끝난 어수선한 집을 피하여 가방을 메고 학교로 갔다. 밤늦게 학교에서 돌아온 딸이 다시 팔을 내밀며 말했다.

“좀 신경 쓰이게 가렵더라고.”

반점의 수가 아침보다 배는 더 늘어 있었다.

“안 되겠다. 내일은 병원에 가보자.”

“내일은 일요일이야. 월요일에 가지, 뭐.”

주일 아침

반점은 팔뚝을 넘어

목과 얼굴에도 퍼져 있었다.

월요일, 시내 피부과에 갔다.

“아토피네요. 애기 때 태열이 있었나요?”

의사는 딱히 내 대답을 기다리는 것 같지 않았고, 대수롭지 않게 여기며 약을 처방해 주고 주사도 한 대 맞으라고 했다. 보험 적용은 안 되지만 아무래도 도움이 될 테니 병원에서 비누와 연고를 구매해 쓰라고 권했고, 의사의 권유대로 따르자 적지 않은 비용이 들었다. 딸은 약봉지와 비누, 연고를 가방에 넣고 학교로 갔다.

딸과 헤어져 집으로 돌아오는 길에 딸의 아기 때를 곰곰히 생각해보았다.

태열이 있었던가?

잘 기억나지 않았다. 혹 있었다 해도 심하지 않았기에 내가 기억하지 못한다고 생각했다.

삼 일 분의 약을 먹는 동안 딸의 몸에 생긴 붉은 점들은 가라앉지 않고 오히려 점점 더 퍼져갔다. 얼굴까지 반점이 올라와서 홍역을 하는 아이처럼, 어릴 때 장미진이 퍼졌을 때처럼 보였다. 다시 병원에 가자 의사는 딸을 보더니 조금 놀라면서 말했다.

"아! 왜 이렇게 심해졌지? 약은 다 잘 먹었어?"

딸이 고개를 끄덕이자 의사는 별다른 말 없이 열심히 컴퓨터를 두드리며 처방전을 입력했다.

"왜 이럴까요?"

내가 답답해서 물었지만 내 물음에 답하지 않고 의사는 말했다.

"약을 좀 더 세게 썼으니 일단 삼 일 먹어보고 주사는 날마다 와서 맞도록 하지요."

병원 문을 나서며 딸도 나도 말이 없었다. 유난히 피부가 하얀 딸아이의 얼굴은 이미 누가 봐도 너무 심한 피부병에 걸려 있었다. 무거운 가방을 메고 학교를 향하여 가는 딸의 뒷모습을 나는 멍청하게 서서 한참을 바라보았다. 가슴이 답답하고 아려왔다. 그러나 이것은 그저 서막에 불과하다는 것을 그때는 짐작도 하지 못했다.

온 얼굴로 퍼져버린

3월 개학

병원에 다녀온 후 나는 인터넷으로 '아토피'에 대해 알아보기 시작했다. 그리고 무엇이 원인인지 찾아보려 애를 썼다. 선물로 도배를 해준 시누이에게 정말 미안했지만, 도배에 관해 물었다. 벽지뿐 아니라 풀도 친환경 풀을 썼다는 답변이었다. 그렇다면 새로 들인 소파? 물? 음식? 정확한 원인을 찾기 어려웠기에 일단 의심이 가는 것들에 대해 나는 조처를 시작했다.

이사한 집이 지은 지 20년이 족히 넘은 아파트였지만 새집증후군 제거 업체를 불러 피톤치드를 분사했다. 그래도 미심쩍어 FDA 승인을 받은 새집증후군 제거제를 박스로 사서 수시로 온 집에 뿌렸다. 딸의 발병 소식을 들은 동생이 숯을 한 박스 보내주었다. 아이 방과 거실을 중심으로 곳곳에 숯을 배치했다. 식수는 보리차를 끓이고, 샤워기도 교체했다. 그렇게 애를 썼음에도 불구하고 결국 우려하던 일이 현실이 되었다.

3월 2일 개학 날 아침, 딸의 얼굴은 발병 이래 최악이 되었다. 얼굴 전체가 붉은 반죽을 한 겹 붙여놓은 것 같았다. 누구라도 그 얼굴을 보면 자동으로 뒷걸음칠 것 같은 몰골이었다. 그런 얼굴로 2학년 새 친구들과 대면해야 한다.

당시 학교에서 중식, 석식이 제공되었지만 나는 새벽에 일어나 도시락 두 개를 싸놓았다. 딸은 아무 말도 하지 않고 엄마와 눈도 마주치지 않고 도시락통을 가지고 집을 나섰다. 12층 복도에 서서 아이가 보이지 않을 때까지 지켜보았다. 억장이 무너진다는 말…! 나의 온몸을 지탱하는 무엇인가가 일제히 꺾이며 무너져 내리는 것 같았다.

피부과를 검색하기 시작했다. 지금의 피부과를 더는 믿을 수 없었다. 검색과 지인들의 추천으로 찾은 병원은 아토피며 각종 피부질환 치료로 유명한 교수님이 원장으로 있는 곳이었다. 예약은 바로 다음날 가능했다.

"아이고! 왜 이 지경이 됐어?"

딸의 얼굴을 본 의사는 깜짝 놀라며 커다란 돋보기를 딸의 얼굴에 들이댔다.

"접촉성 피부염이네!"

"네? 아토피가 아니고요?"

"아토피가 있는 아이들이 다른 피부염도 쉽게 와요. 외국에 갔다 왔어요? 무슨 독초에 접촉됐나?"

정신을 차릴 수 없어 대답도 못 하고 고개만 젓자

"간혹 태국 같은 곳에서 골프 치다가 독초에 접촉되면 이렇게 심한 경우가 있거든요. 뭐에 접촉됐는지 원인 물질을 찾아야 해요. 일단 주사와 약을 좀 세게 써 봅시다. 이틀 뒤 다시 오세요."

나는 용기를 내 물었다.

"좋아질 수 있는 거지요?"

"좋아져야지요!"

약국에 내려와 약을 타면서 약사에게 물었다.

"**피부과 잘 고쳐요?"

"그럼요, 우리나라에서 거의 탑이실 거예요. 여기저기 분원도 있어요. 믿고 다녀보세요."

마음은 한없이 불안하고 가슴은 쇳덩이처럼 무거워 누구에게라도 신뢰의 말을 듣고 싶은 심정이었다.

피부과 치료의 희망과 절망

강남 유명한 피부과의 주사와 약은 정말 놀라운 결과를 보여줬다.

그날 병원에서 주사 맞고 학교로 돌아가 야간 자율학습까지 마치고 돌아온 딸의 얼굴은 달라져 있었다. 약국에서 바로 한 번 약을 먹었고, 저녁 식사 후 먹었으니 두 번의 약을 먹은 후였다. 딸도 얼굴에서 느껴지던 홧홧한 열기가 좀 가라앉은 것 같다고 말했다.

'그렇구나! 명의는 정말 다르구나! 감사합니다! 감사합니다!' 마음속으로 외쳤다. 나을 수 있다는 희망이, 예전의 그 맑고 뽀얀 피부로 돌아갈 수 있다는 기대가 저만치 앞서갔다. 딸도 기분이 좀 나아 보여 그제야 비로소 딸에게 조심스레 물었다.

"애들이 좀 이상하게 보지는 않았어?"

"그건 모르지. 친구들은 다 걱정해 주고…."

"도시락은 교실에서 혼자 먹어?"

"아, 근데 교실에서 도시락을 먹는 애가 이미 한 명 있더라고. 걔랑 같이 먹어."

"걔는 왜 도시락 먹어?"

"안 물었어. 뭔가 이유가 있겠지."

다음 날 아침 아이의 얼굴은 최악을 10으로 한다면 7 정도까지 좋아져 있었다.

"이대로 가면 나을 것 같다. 그치?"

도시락 두 개를 건네며 나는 비로소 희망을 내비쳤다.

아이도 말없이 고개를 끄덕였다.

다음날은 얼굴이 10 중 5 정도까지 좋아졌다. 병원 진료실 문을 들어서자 의사도 첫눈에 보고 말했다.

"많이 좋아졌네! 오늘 주사 한 번 더 맞고 계속 이 템포로 좋아지면 약만 먹어보자. 삼 일 분 약 먹고 다시 와. 악화되면 모레 와서 주사 맞고…."

삼 일 분의 약을 먹는 동안 아이의 얼굴은 정말이지 드라마틱하게 좋아졌다. 삼 일 후, 세 번째 병원을 찾을 때는 거의 정상으로 돌아와 있었다. 돋보기로 딸의 얼굴을 한참 들여다본 의사가 말했다.

"됐네!"

"감사합니다!

정말 감사합니다!"

나는 의사에게 유치원생처럼 폴더 인사를 반복하고 병원을 나섰다. 딸도 나도 정말 날아갈 듯 발걸음이 가벼웠다.

"이렇게 쉬운 건데 그동안 그렇게 고생을 한 거야?"

"그러니까…."

"급식 신청한 거 아직 환불 안 받았어. 친구들이랑 급식 먹어도 되지 않을까? 아토피가 아니고 접촉성 피부염이었다잖아."

"아니, 엄마! 그냥 도시락 먹을래. **이랑 이제 친해졌어."

"그래, 그러자. 사실 너 혼자 교실에 남아 도시락 먹는다 생각할 때 엄마 맘이 무지 힘들었거든. 그런데 한 명이 있다고 하니까 걔가 누군지 정말 고맙더라. 엄마가 과일이랑 맛있는 거 더 싸줄게."

"아이고! 지금도 충분하거든요!!"

이런 소소한 일상의 대화가 얼마나 감사한지 학교에 데려다주는 내내 딸과 나는 팝콘처럼 터지는 웃음과 대화를 억제하지 못하고 마냥 재잘거렸다.

살다가 어느 날 느닷없이 만난 복병은 힘겨웠지만 어쨌든 해치웠고, 어둠의 터널은 끝났다고 믿었다.

그런데 정확히 열흘 후,

딸의 얼굴에 발진이 다시 시작되었다.

의사 뒤를 쫓아다니며

그날 아침 식탁에 앉아 밥 먹는 딸 얼굴이 조금 이상하게 보였다.

"엄마 좀 쳐다볼래?"

"왜? 이상해?"

"…아니… 이뻐서…."

"헐~"

딸로부터 학교에서 중간에 문자가 왔다.

<엄마, 얼굴 좀 이상해. 화끈거려>

<엄마가 지금 학교로 갈까?>

<아니>

야간자율학습까지 끝내고 밤늦게 돌아온 딸의 얼굴은 다시 열꽃이 번진 것처럼 붉게 변해있었다. 다시 그런 얼굴을 보자 가슴이 철렁 내려앉았지만 태연한 척 말했다.

"내일 병원에 가자. 이 정도면 금방 다시 가라앉을 거야."

다음 날 아침 딸은 일단 학교로 가고, 나는 기다렸다 병원으로 전화했다.

"아, 오늘은 원장님께서 OO동 병원에서 진료 보세요. 예약은 그쪽 병원으로 직접 전화하셔야 돼요."

OO동 병원으로 찾아갔다. 의사는 돋보기로 딸의 얼굴을 한참 들여다보더니 말했다.

"완치됐었는데… 다시 시작이네. 접촉 물질이 뭔지 찾았어요?"

고개를 갸웃한 채 처방전을 입력하는 의사에게 내가 말했다.

"아니요, 아직 모르겠어요. 그런데 얘가 고2라 학교에서 중간에 나오기가 힘들어요. 약을 며칠 분 더 주시면 좋겠는데요."

"안됩니다. 이런 약은 경과 봐가면서 처방해야 해서요. 삼 일 분 먹고 다시 봅시다. 주사 맞고 가라. 그리고 뭔가 원인 물질이 있어요. 그걸 찾아서 접촉하지 않도록 해야 합니다."

의사는 마치 자기가 다 낫게 해줬는데 뭔가에 다시 접촉해 병이 또 시작된 것처럼 말했다.

딸은 학교로 다시 들어가고, 집에 돌아온 나는 딸 방으로 들어가 방의 모든 물건을 다시 탐색하기 시작했다. 책상, 책장, 이불, 곳곳에 배치된 숯. 벽지…. 이사 전과 후를 비교할 때 달라진 것은 벽지밖에 없으므로 벽지가 가장 의심스러웠지만, 이미 할 수 있는 조치는 다 했다고 생각해서 방심했던 것일까? 나는 딸 방에 그리고 딸의 동선을 따라 새집증후군 제거제를 거의 한 통 다 뿌렸다.

그렇게 부산을 떨며 병원에 다녀왔건만 저녁에 돌아온 딸의 얼굴은 별로 나아 보이지 않았다. 지난번 병원에 다녀온 날(한 번의 주사와 두 번의 약 복용으로) 좋아져 왔던 것을 기대했던 나는 차도 없는 딸의 얼굴을 보자 날카로운 돌이 하나 날아와 박히는 듯 속이 아리고 가슴이 답답해졌지만, 딸의 얼굴이 더 어두워 내색조차 할 수 없었다.

삼 일 분의 약을 다 먹어도 이제 5 정도밖에 좋아지지 않았다. 예약 전화를 하자 이번엔 원장님이 이웃 도시 ☆☆에서 진료를 보는 날이라고 했다. 나는 아이 얼굴을 사진으로 찍어 가고 병원엔 나만 가면 안 되겠냐고 물었다. 원장님께 여쭤보겠다며 다시 온 전화는 안 된다는 것이었다. 환자의 얼굴을 직접 보지 않고는 약 처방을 할 수 없다는 것이다.

둘이 함께 ☆☆시로 갔다. 의사는 여전히 좋아지지 않은 딸의 얼굴에 이번엔 별로 놀라지 않았다. 주사 맞고, 약국에서 약을 한 봉지 먹고 학교로 왔다.

그렇게 강남으로, OO동으로, ☆☆시로 딸과 나는 그 의사가 진료를 보는 병원으로 따라다녔다. 맑고 뽀얀 피부로 만들어주었던 분이기에 이 의사만이 살길이라 믿었다. 딸의 얼굴은 주사 맞고 삼 일 약 먹고, 주사 맞고 삼 일 약 먹으면 조금 가라앉았다가 다시 시작되기를 반복했다.

4월 중순의 어느 날이었다. 약이 떨어졌는데, 딸은 수행평가 때문에 학교에서 나올 수가 없다고 하고, 주말을 앞두고 있어 이틀이나 약을 안 먹으면 확 심해지지 않을까 나는 조바심이 났다. 이미 경험한 최악의 상태로 악화될까 무서웠다. 어떻게 약을 구하지? 강남의 피부과는 애걸해도 소용없고…, 아무리 생각해도 지인 중 약사는 없고…. 나는 용기를 내 강남 피부과의 처방전을 들고 동네 약국에 갔다. 사정 얘기를 하면 똑같은 약은 없어도 비슷한 약이라도, 처방전 없이 살 수 있는 약이라도 살 수 있지 않을까 해서였다. 처방전을 내밀며 나는 최대한 정중하게 부탁했다. 처방전을 훑어보던 약사는 내 얼굴을 똑바로 한참 바라보더니 목소리를 깔고 무서운 얼굴로 말했다.

"어머니! 정신 차리세요!!"

약사는 거침없이 설명하기 시작했다. 그때 나는 강한 속도의 야구방망이로 뒤통수를 한 대 얻어맞는 것 같았다. 정말이지 머리에서 '탕!!!' 소리가 나고 계속 여진처럼 골이 울렸다. 어떻게 집까지 걸어왔는지 기억이 없다. 우선 너무 수치스럽고 창피해서, 그분이 여자 약사인 것이 그나마 다행이라고 생각했다.

약사의 충고

약사는 손짓까지 더하며 연극하는 사람처럼 말을 쏟아냈다.

“지금 어머니가 들고 오신 이 처방전은 쓸 수 있는 약용량의 최대치를 쓴 거예요. 이다음엔 어쩔 건데요? 얘네들이요 약 들어오면 아! 맛있다. 좋아 좋아! 실컷 먹었으니 한숨 자자. 그러면서 좀 가라앉는 거예요. 그랬다가 약 기운 떨어지면 일어나서 밥 줘! 밥 줘! 아우성치는 거고요. 그런데 문제는 얘네들이 요구하는 양이 갈수록 늘어난다는 거예요. 더 줘! 더 줘! 하면서 악다구니를 치는 건데…, 이 처방전은 이미 최대치를 넘었어요. 이제 웬만큼 들이부어도 만족을 안 해요. 용량을 더 늘려도 말을 안 들어요. 그 정도까지 가면 심각한 부작용을 각오하셔야 하고요. 따님이라고 하셨나요? 결혼하고 애도 낳아야 하잖아요. 아이고… 어머니! 정신 차리세요!”

'탕!!!' 소리를 실제로 나는 들었다. 스틸 야구방망이가 내 뒤통수를 가격한 것 같이 나는 휘청였다. 아무 대꾸도 못 하고 내가 넋 나간 듯 그 자리에 서 있자 약사는 더 말했다.

"여기 *단지에 남학생이 지금 그 케이스예요. S대까지 들어갔는데 휴학하고… 그 학생은 이미 부작용이 심각해서… 아이고, 어머니, 약 구하러 다니지 마시고 잘 판단하세요."

약국에서 집으로 오는 길엔 작은 공원이 있다. 인사할 경황도 없이 약국을 나와 몇 발자국 걸어 공원 입구에 들어서자마자 나는 화단 돌멩이에 주저앉았다. 옛날 할머니가 다듬잇돌에 두드리던 방망이질이 내 가슴 속에서 시작되었다. 방망이질에 내 가슴 전체가 벌떡벌떡 뛰며 요동쳤다. '기'가 '막힌다'라는 말이 무엇인지 실감되었다. 몸의 어디선가 무엇이 탁 막혀 피의 순환이 멈춘 것만 같았다. 약사 말대로 정신을 차려야 했다. 이게 다 무슨 말인가. 스테로이드. 최대치. 부작용. 휴학한 이웃 대학생….

늦은 밤, 귀가한 딸과 남편과 한자리에 앉았다. 고통스럽지만 약사의 말을 그대로 전했다. 딸도 남편도 얼굴이 석고상처럼 굳어졌다. 일단 피부과 약은 더 먹을 수 없겠다고, 피부과 치료를 중단하자고 결정했다. 다른 여지가 없는 선택이었다.

오랜 외국생활 후 귀국하여 치과와 예방접종 외에는 병원이나 약국을 이용해 본 일이 거의 없는 우리 가족은 모두 이 방면에 무지해도 너무 무지했다. 구세주 같이 매달리며 이곳저곳 진료 보는 곳마다 따라다녔던 의사! 다시 발진이 시작되어도 2-3일 분의 약이면 가라앉혀 줄 거라고 의지했던 피부과! 튼튼한 동아줄이라고 믿었던 줄을 버렸다.

이제 어떻게 하지? 아무 대책이 없다는 것이 더 두려웠다. 계속 약을 먹고 있었음에도 딸의 얼굴엔 여전히 3 정도의 발진이 가라앉지 않고 남아 있었다. 다음날부터 약이 더 들어가지 않자 약사의 말은 현실로 나타났다. 지난 한 달 어간 달콤한 식사(다량의 스테로이드)를 맘껏 즐겼던 '녀석'들은 '밥'이 들어가지 않자 그야말로 미쳐 날뛰기 시작했다.

자연치유법
- 악전고투

4월 중순 - 5월 중순

이과로 반 편성을 하고 첫 중간고사가 다가왔다. 시험 기간에라도 딸이 좀 편한 얼굴로 시험을 보게 하고 싶어 나는 그렇게도 피부과 약을 구하기 위해 애를 썼던 것이다.

딸은 여덟 살이 되던 해 1월에 한국에 돌아와 3월, 초등학교 1학년에 입학했다. 한글을 읽고 쓰는 실력이 많이 부족해 알림장을 그림일기 수준으로 그려오면, 내가 판독을 하다가 결국 못하고 같은 반 친구 엄마에게 전화해서 물어보곤 했다. 학습능력은 뒤떨어져도 천성적으로 구김이 없는 딸은 친구도 잘 사귀고, 바이올린반 같은 방과 후 수업도 재미있게 다니며 학교생활에 잘 적응했다. 중

학교에 들어가 숫자로 기록된 성적을 보고 비교적 상위권에 있어 대견했다.

고등학교 1학년을 잘 보내고, 이과로 선택하여 2학년 첫 중간고사를 치르는 기간 딸의 얼굴은 그야말로 만신창이가 되었다. 약을 끊은 지 채 일주일이 되지 않아서였다. 눈 주위와 눈꺼풀, 코, 입술을 제외한 얼굴 전체에 발진이 돋기 시작했다. 온 얼굴로 퍼진 발진엔 고름이 잡히고, 고름이 흘러나간 자리엔 다시 딱지가 앉고 그 자리에 다시 고름이 잡혀 딱지가 더께로 앉았다. 차마 눈 뜨고 볼 수 없는 모습이 되었다. 세수하는 것도, 밥 먹기 위해 입을 벌리는 것도, 모든 일상생활이 힘들었다. 그러나 무엇보다도 열여덟 그 눈부신 나이에 그런 얼굴로 날마다 학교에 다녀야 하는 것이, 그 모습을 지켜보는 것이 가장 고통스러웠다.

"학교를 좀 쉴까?"

딸은 대답하지 않고 묵묵히 도시락 두 개를 들고 현관문을 나섰다. 너무 심한 얼굴에 놀란 선생님들이 아이 편에 약을 보내주시기도 했다. 그사이 감사한 것은 반에서 도시락을 싸 와 함께 먹는 친구들이 하나둘 늘어 6-7명이 되었다는 것이다. 남학생이 없는 여고인 것이 다행이었다.

피부과 치료를 중단하고 딸은 스스로 면역력을 기르기 위해 밤늦게 집에 오면 줄넘기를 가지고 나가 2-30분씩 하고 들어왔다. 나도 부단히 무언가를 찾았다. 약을 쓰지 않고, 화학적 요법을 거부하고 치료할 방법을 찾아야 했다. 병은 소문을 내야 한다고 해서 여기저기 문의도 많이 했다.

천일염 목욕을 추천해서 신안 앞바다 천일염을 두 포대나 구매했다(발진 돋은 피부에 너무 따가워 한 번 하곤 못했다). 남도의 귀한 녹차를 구해 우려낸 티백을 냉장고에 넣어놨다가 밤에 오면 딸 얼굴에 붙였다. 독일의 까밀레(케모마일) 바디워시도 구했다. 풍욕이 좋다고 해서 줄넘기를 하고 들어오면 방의 창문을 다 열어놓고 소독한 커다란 면포를 넣어주었다. 모든 먹거리를 구매하면서 성분표를 자세히 보고 따졌다.

그러나 이 모든 수고는 마치 홍수로 집 안에 밀려드는 거센 물을 수저로 퍼내는 것과 같았다. 발진이 얼굴의 경계를 넘어 몸으로 내려가기 시작한 것이다.

결코 잊을 수 없는 그 밤

5월 초

발진은 가슴을 지나 배까지 내려갔다. 특히 가슴은 종일 브래지어를 하고 있어서인지 딱지가 앉을 겨를이 없어 고름과 피가 마르지 않았다. 나는 순면으로 브래지어 안에 넣을 패드를 수십 장 만들어 학교 가는 길에 10장씩 넣어주었다. 쉬는 시간에 2시간 간격으로 교체해서 밤에 꺼내 놓은 패드는 고름과 피범벅 덩어리였다. 물에 담가 두었다가 아이가 잠들면 늦은 밤 패드를 빨았다. 아무리 독하게 맘먹으려고 해도 패드를 빨 때마다 눈물이 뚝뚝 떨어졌다. 얼마나 아프고 쓰리고 가렵고 고통스러웠을까. 이걸 갈아 끼웠을 딸을 생각하면 미칠 것 같았다. 그러나 별 뾰족한 대책이 없다는 게 더 절망적이었다. 과연 나을 수는 있을까? 한 줄기 희망도 보이지 않았다. 그때마다 다시 피부과에 찾아가 잠시라도 원래의 피부로 돌려놓고 싶은 절박한 마음에 조바심이 나면 '밥 줘! 밥 줘! 더 줘! 더 줘!' 하던 약사의 리얼한 손짓과 음성이 벼락치듯 떠올랐다. 진퇴양난, 악전고투의 날들이었다.

그러던 어느 날 5월 초순의 밤, 잠자리에 들지 않고 책상에 앉아 있던 딸이 나를 불렀다.

"엄마, 아무래도 학교를 못 다닐 것 같아."

숨이 턱 막혔다. 놀란 마음을 내색하지 않으려고 애를 쓰며 물었다.

"그래, 좀 쉬어도 되지. 그런데 왜?"

"필기를 할 수도 없어. 칠판을 쳐다보려고 고개를 들면 얼굴이 찢어져 피가 흘러."

딸의 얼굴은 고름이 잡혀 딱지가 앉았다가 더께가 되고 저절로 떨어지면 다시 고름이 잡히면서 피부가 습자지처럼 얇아져 있었다. 그 주위로 아직 떨어지지 않은 딱지가 있어 얼굴을 돌리든지 고개를 들면 그 얇아진 부분이 찢어지고 피가 흘렀다.

"그래! 그럼 휴학하고 치료에 전념해보자. 그럼 더 빨리 좋아질 수도 있어."

"… 나 나을 수는 있을까?"

"……"

확신을 주어야 하는데 쉽게 대답이 나오지 않아 머뭇거리고 있는 사이 딸이 말했다.

"… 나 죽고 싶어."

순간 도끼가 날아와 내 정수리를 쪼개는 것 같았다. 딸도 나도 한동안 아무 말도 못 하고 서로 시선을 마주치지 못한 채 멍하니 앉아 있었다. 둘 다 눈물을 보이지 않으려고 부단히도 애썼는데 그 눈물이 내게서 먼저 터졌다. 그리고 미친 듯이 소리 질렀다.

"그래? 죽자, 죽어! 엄마도 너 죽고 어떻게 살겠니? 그냥 같이 죽자. 여기 12층에서 뛰어내리면 되겠네. 이 나쁜 놈아! 어떻게 엄마 앞에서 죽는다는 소리를 해? 너도 힘든 줄 알지만 엄마도 죽을힘을 다해 버티고 있는데… 이 못된 놈아! 어떻게 죽는다는 소리를 해! 너 죽고 엄마 죽으면 아빠는 어떻게 살고 언니랑 동생은 어떻게 살아? 그러니 다 같이 죽으면 되겠네. 다 같이 죽자, 그냥 다 같이 죽어!!"

화가 나서라기보다 실제로 딸이 나쁜 맘을 먹을까 그게 두려워 더 소리를 질렀던 것 같다.

"나을 것 같지 않으니까….
나 이렇게 사는 것이 너무 힘들어.
엄마도 나 때문에 너무 힘들잖아."

딸도 울기 시작했다.

잠들었던 식구들이 모두 깨서 방에 들어와 뒤에 병풍처럼 서 있었다.

남도의 한 한약방을 찾아

5월 중순

그날 밤 딸과 나는 더 참지도, 숨기지도 않고 맘껏 울었다. 얼마를 울었을까. 남편은 다른 두 딸을 방에서 내보내고 딸과 내가 울음을 그칠 때까지 말없이 기다려주었다. 둘의 울음이 잦아들자 남편이 말했다.

"**야! 엄마 아빠를 믿어! 한국에서 안 되면 미국, 미국에서 안 되면 유럽, 지구 끝까지라도 의사를 찾아 반드시 너를 고쳐줄게! 엄마 아빠보다 너를 더 사랑하시는 하나님도 절대로 너를 이대로 두시지 않을 거야. 우리 사랑스런 **에게 이런 힘든 시련이 온 것은 분명 어떤 뜻이 있다고 아빠는 믿어. 이제까지도 잘 참고 견뎠으니 하나님을 믿고, 아빠 엄마를 의지하고, 조금만 더 견디면서 치료책을 찾아보자!"

병이 시작된 이래 딸이 잠들면 조용히 딸의 머리맡에서 날마다 기도해주었던 남편은 그 밤 딸과 내 손을 붙잡고 간절히 기도해주었다.

폭풍우가 휘몰아치는 것 같던 그 밤 이후 나는 마음이 차분해졌다. 조마조마하게 다가오던 폭탄이 터져버린 것 같았다. 단거리 계주가 아니고 장거리 마라톤의 자세로 마음도 다잡았다. 딸도 자신의 잘못이 아님에도 불구하고 힘든 엄마를 보며 괜히 미안하고 죄송했는데, 오히려 자신을 향한 부모의 뜨거운 사랑을, 그리고 자신을 절대 포기하지 않는다는 강한 확신을 갖게 된 것 같았다.

스테로이드를 포기하자 얼굴, 가슴, 배, 등, 부위마다 조금씩 경중의 차이가 있을 뿐 거의 온몸에서 진물과 고름과 피가 흘렀다. 질그릇 조각으로 몸을 긁었다던 욥이 이해되었다. 속수무책 당하고 있을 즈음 지인이 멀리 남도의 한 한약방을 소개해 주었다. 한의사가 용하기도 하고 특히 지리산에서 나는 약초만 사용해서 약을 짓는다는 것이다. 지푸라기라도 잡고 싶은 심정이었다.

공휴일인 석가탄신일, 나는 딸과 남도의 한약방을 찾아갔다. 딸의 진맥을 마치고 얼굴이며 몸을 자세히 들여다본 할아버지 한의사가 말했다.

“아이고! 양약을 많이 썼구나! 위장에서부터 시작된 거야. 약을 끊으니까 솟아 나오고 있고만. 이게 다 뿜어져 나와야 하는데… 지금 약 지어서 먹고 치료 시작하면 지금보다 더 올라올 텐데… 괜찮겠어? 방학 때 시작할까?”

딸이 고개를 저으며 대답했다.

“아니요! 지금 할래요.”

딸의 진맥을 마친 한의사는 시종 무거운 얼굴로 옆에 앉아 있는 내게 말했다.

“어머니! 너무 걱정하지 마세요. 피부병으로 죽진 않아요.”

한약방에 다녀온 이틀 뒤 약이 배달되었다. 아침저녁으로 약을 먹자 한의사의 말처럼 독소가 밖으로 배출되는 것인지 딸의 몸은 더 만신창이가 되었다. 진물과 고름이 훨씬 심해지고, 얼굴은 피부가 낭창낭창해져서 고개를 들거나 옆으로 틀지 않아도 여기저기 피가 흘렀다. 그렇게 상태가 심해져도 한의사의 말대로 호전되는 과정이라고 믿으니 더는 무섭거나 두렵지 않았다. '피부병으로 죽진 않는다'라는 한의사 말이 잘 박힌 못처럼 마음에 박혀 위안이 되었다.

날마다 이불과 베개 커버를 벗겨 빨아 말리고 다림질했다. 나중엔 커다란 타올을 사서 깔고 자고 타올만 걷어내 빠는 식으로 요령도 생겼다. 학교에서는 도시락 먹는 친구 숫자가 더 늘어 함께 펼쳐 놓고 먹으니 맛있는 게 너무 많다고도 했다. 딸이 필기하기가 어렵다는 것을 알고 필기한 노트를 빌려주는 친구도 생겼다.

한약방에서 한 번에 보름쯤 먹는 약이 택배로 배달되었고, 다 먹으면 전화로 한의사에게 딸의 상태를 말하고 다시 약을 짓는 식으로 다섯 재를 먹었다. 길고 지루한, 호전되는 과정이 너무 더딘 날들이었다.

한약을 먹으면서 더욱 마음을 썼던 것은 매일의 먹거리였다. 딸의 체질엔 고기 종류가 좋지 않았다. 친구 생일파티에 갔다 오거나 학교에서 시험이 끝나고 학부모들이 넣어주는 간식으로 치킨이나 피자, 햄버거를 먹은 다음 날은 상태가 더 심해졌다. 음식에 신경을 쓰지 않을 수 없었다.

두 달여 동안의 한방치료는 더디고 더뎠지만, 어느 순간이 지나자 더 나빠지지 않았고, 매우 조금씩, 갓난아기 새끼손톱만큼씩이라고 느낄 만큼 그렇게 조금씩 좋아졌다. 더 심해지지 않는 것만도 힘이 되었다. 오랜 지인으로부터 중국의 명의를 소개받지 않았다면 아마도 남도의 그 한의사에게 의지해 계속 치료를 받았을 것이다.

중국의 명의를 찾아
- 백두산의 유황 온천에 몸을 담그고

7월 말 - 8월 초

중국에서 세 손가락 안에 들 정도로 침을 잘 놓는다는 중국의 명의를 소개받고 나는 딸의 여름 방학이 시작하는 날로 연길행 온 가족의 비행기표를 예약했다. 남편의 평생 동역자이신 권사님 내외분이 이 치료 여행에 동행해주셨다.

40대 중반쯤으로 보이는 중의사는 딸의 얼굴을 보고 진맥하더니 간단히 말했다.

“아토피입니다. 약을 써봅시다.”

“침은요?”

“스무 살 안 된 아이들은 침 안 줍니다. 침은 어른들이 맞읍시다!”

침을 뛰어나게 잘 놓는다는 말에 딸에 대한 침 치료를 기대했던 나는 좀 당황했다.

“좋아질까요?”

“여기 오신 것만으로도 좋아질 겁니다. 원래 중국에서도 남방 사람이 병이 나면 북방으로, 북방 사람이 병이 나면 남방으로 내려가

치료하면 효과가 더 좋습니다. 사는 곳을 멀리 떠나 음식이며 환경을 바꿔 치료하는 것이지요."

그곳에서는 딸들이 이모처럼 따르는 선교사님 내외분이 합류하셨다. 이왕 간 김에 모든 일행이 진맥을 받고, 성격은 조금씩 달랐지만 모두 약을 지었다. 다음 날부터 아침저녁으로 우리는 모두 약봉지를 입에 물고 약을 마시고 어른들은 하루 한 차례씩 침을 맞았다. 아파트 한 채를 빌려 사용했는데, 아파트 바로 옆 개천을 따라 새벽마다 길게 장이 섰다. 모두 새벽에 일어나 시장 구경을 하며 떡이며 찐빵 만두도 사고, 막 밭에서 뽑아온 채소도 사 들고 와 아침 식사를 준비해 먹었다. 날마다 북적이며 즐겁게 함께 해준 동행들 덕에 심란한 치료 여행이 아니라 행복한 여름 수련회 같았다. 실제

로 밤마다 남편이 로마서를 강해했다. 지금 돌아보니 끝이 보이지 않는 어둡고 무서운 터널을 이분들과 함께 손잡고 통과한 것 같아 새삼 감사하다.

길림성 풍습엔 집에 귀한 손님이 오면 개고기를 대접한다고 한다. 지인의 초대자리에서 딸이 거리낌 없이 개고기를 맛있게 먹을 땐 내 가슴이 덜컥 내려앉기도 했지만 이후 별다른 징후는 나타나지 않았다. 두만강 상류에서 잡았다는 커다란 물고기, 손바닥만 한 일본산 전복, 북한 송이버섯, 철갑상어 등 희귀한 먹거리들을 맛볼 기회가 왔는데, 딸도 나도 마음 편하게 먹었다. 하루 이틀 딸이 약

을 먹는 동안 나는 새벽 시장에서, 아침 식탁에서, 택시 안에서 무심한 듯 딸의 얼굴을 유심히 살폈다. 진물과 고름으로 범벅이던 상처가 조금씩 꾸덕꾸덕 말라가는 것 같았다. 일주일쯤 지났을 땐 확실히 얼굴에 새로 잡히는 고름 주머니가 보이지 않았다. 가슴이며 배, 사타구니 같은 몸속의 상처도 눈에 띄게 좋아졌다. 신기하고 감사했다.

고등학교 2학년 여름방학인지라, 반 친구들은 방학과 더불어 바로 보충학습에 들어가 있었기에 딸은 틈틈이 책을 붙잡고 문제를 풀었다. 무엇에든 스트레스가 없었으면 하는 바람에 나는 딸이 책을 볼 때마다 조바심이 났지만, 제지할 수도 없었다.

중국 도착 일주일째 되는 날, 중의사의 권유에 따라 우리 일행은 1박 2일 백두산 관광에 나섰다. 딸에게 백두산의 유황 온천욕을 시켜보자는 것이었다. 백두산 천지는 안개에 덮여 끝내 보지 못하고 천지에서 내려와 모두 유황 온천탕에 들어갔다. 2008년 여름, 당시 백두산 유황 온천탕은 시설이며 규모가 그저 우리나라의 좀 큰 동네 허름한 목욕탕 같았다. 유황 냄새가 지독했지만, 온천탕에서 세 딸은 물개처럼 신나게 뒹굴었다.

열흘 중국 일정을 마치고 인천공항에 내렸을 때 딸의 얼굴은 종기의 흔적 하나 없이 곱고 탐스러운 복숭아 같았다. 기적 같았다.

국제선도착
International
Arrivals

아토피 후유증

중국에서 돌아올 때 중의사는 약을 두 재 더 지어주었다. 한 재는 딸의 면역력을 높여주는 약이니 계속 먹고, 한 재는 냉동실에 넣어두었다가 혹시 병이 재발되면 먹이라고 했다.

귀국 후 딸은 바로 여름방학 보충수업에 합류했다. 자기 일처럼 마음 아파하면서, 내색 없이 묵묵히 지켜보며 도와주고 격려해 주시던 선생님과 친구들이 크게 기뻐했다. 나는 더 신중하게 도시락을 준비해 주었고, 딸도 다시 찾은 맑은 피부의 소중함을 알고 자신에게 '해로운 것'은 먹지 않으려고 애를 썼다. 무엇보다 스스로 면역력을 키우는 것이 중요하다는 것을 깨달은 딸은 날마다 늦은 밤에라도 나가 줄넘기를 꾸준히 했다.

해를 넘겨 고 3 수험생의 과중한 학업과 스트레스 속에서도 병은 재발하지 않았다. 딸의 학교는 산 밑에 있어 모기가 많았다. 딸이 모기 한 방만 물려와도 가슴이 덜컹 내려앉고 초조하게 지켜보곤 했지만, 무사히 고 3을 넘기고, 딸은 수시로 대학에 들어갔다.

그 힘겨운 가운데도 좋은 성적을 받았던 것인지 졸업식 날 순서지에 보니 성적우수자로 수상자 명단에 딸의 이름이 있었다. 이름이 불리고, 앞에 나가 상을 받고, 돌아서 환히 웃으며 인사하는 딸의 빛나는 모습에, 나도 모르게 뜨거운 눈물이 흘렀다. 옆에 앉은 남편이 순서지 뒷면 3년 개근자 명단에서 딸의 이름을 찾아 손가락으로 짚어 주었다. 닦아도 닦아도 눈물이 흘렀다.

장하구나! 세상에… 그 와중에 하루도 빠지지 않고 학교에 다녔구나. 정말 장하다!

우리 가족은 2010년 새 아파트 입주 예정이었고, 공문이 날아왔다. 6월부터 입주가 가능하다는 것이었다. 딸이 우울한 얼굴로 말했다.

"엄마! 나도 같이 새집에 갈 수 있을까?"

딸의 말이 송곳처럼 가슴을 찔렀다.

"그럼!! 당연하지! 엄마가 일단 최선을 다해보고, 정 안 되겠다 싶으면 새집은 3, 4년 후에 들어가도 돼."

가슴에 박힌 송곳을 잡아뽑듯 단호하게 대답했다. 그리고 나는 7월 한 달 동안 날마다 새집에 다니며 수차례 베이크 아웃을 했다. 새집증후군 제거, 피톤치드 분사, 연수기 설치 등 할 수 있는 모든 것을 하고, 7월 말 우리 가족은 이불만 싣고 새집에 갔다. 2박 3일, 펜션에 놀러 간 듯 새집에서 먹고 자고 샤워도 하며 생활해보았다. 돌아와 일주일이 지나도 딸에게 별 이상이 나타나지 않아 이사를 결정하고 8월 중순 새집으로 온 가족이 이사했다.

딸은 한 학기만 집에서 다니고 결국 교통이 불편해 나머지 대학 생활은 기숙사에서 지냈다. 더는 얼굴이나 다른 피부엔 발진이 솟지 않았지만, 대학생이 된 후 딸에겐 다른 증상이 하나 나타났다. 손에 습진이 시작된 것이다.

손끝마다 다 허물이 벗고, 손바닥 껍질이 벗겨지고, 나중엔 손바닥과 손가락 마디마디가 갈라지고 덧나며 피가 났다. 손바닥이어서 그런지 한번 찢어지면 잘 아물지 않았다. 조금 나았다가 매우 심해졌다가를 반복하는 사이 딸의 손바닥은 막노동하는 남자 손처럼 거칠고 딱딱해졌다. 원인이 무엇일까? 기숙사 방? 식당 밥? 외식? 나는 다시 조바심이 났다.

S 의료원의 피부과 교수님께 특진을 신청했다. 교수님은 커다란 돋보기를 사용하지도 않고 딸의 손바닥을 보더니 1초 만에 말했다.

"아이고! 아토피 후유증이 습진으로 왔구나!"

어릴 때 아토피를 앓은 사람 중에 어른이 되면 후유증으로 사지 말단에 무좀이나 습진이 온다는 것이다. '아토피 후유증'이라고 듣고 나니 이상하리만치 담담해졌다. 약과 연고를 처방받고 우리는 바로 스테로이드 연고가 몇 단계에 있는지 검색했다. 매우 약한 연고라는 것을 확인하고도 딸은 약을 먹는 것도 연고를 바르는 것도 주저했다.

딸의 손에 나타난 습진은 대학 생활 내내 딸의 일상을 쥐락펴락하는 아킬레스건이 되었다. 심할 땐 손바닥이 너무 갈라지고 엉망이 되어 주먹을 쥘 수도, 더구나 필기도구를 잡을 수도 없는 상태가 되기도 했다. 주로 시험 기간에 그런 일이 잦았는데, 아마도 시험의 스트레스가 병을 더 악화시키는 것 같았다. 딸은 상태가 매우 심할 때만 잠시 연고를 발라 상처를 가라앉히고 되도록 스테로이드를 바르지 않으려고 애썼다.

화학을 전공한 딸은 결국 손 때문에 실험과 실습을 주로 하는 화학 전공으로 계속 공부하기를 포기했다. 4학년이 되면서 더욱 심해진 습진 때문에 선뜻 취업으로 나가지 못하고 심각하게 진로를 고민하는 것 같았다.

"엄마, 의전원에 갈까?"

"… 의사가 되고 싶어? 쉽지 않을 텐데…."

"그동안 병원 다니고, 치료하면서 계속 생각했던 거야."

"그래? 그렇다면 한번 도전해봐. 자기가 하고 싶은 일을 평생 하면서 사는 사람이 가장 행복한 사람이지."

졸업 후, 딸은 집에 들어와 끈질기게 계속되는 손의 습진과 싸워가면서 의학전문대학원을 목표로 공부를 시작했다. 청소년수련관 새벽반에 등록하여 수영도 하고, 집에서 도서관까지 늘 걸어 다니며 체력을 키우려고 애를 썼다.

2년 후, 딸은 의과대학에 편입으로 합격했고, 무사히 졸업했다.

이 글을 정리하는 이즈음 딸은 서울의 한 대학병원에서 전공의 과정을 마쳤다. 지금도 딸을 만나면 나는 살며시 딸의 손을 잡고 습진의 기미를 확인한다. 딸의 손은 때론 거칠고 때론 부드럽다. 지금도 간간이 습진이 들고 일어나지만, 이제 딸 스스로 잘 조절하며 관리하는 것 같다. 어쩌면 습진은 평생 딸의 손에서 떠나지 않을지도 모른다. 이 글의 제목이 아토피 치유기가 아니고 극복기인 이유다.

어머니는 늘 내게 말씀하셨다.

“세상에 공짜는 없단다. 잃는 게 있으면 반드시 얻는 게 있어.”

딸이 실력이 있는 의사가 될지 그것은 모르겠다. 그러나 한 가지는 확실하다. 자신 앞에 앉은 환자의 마음을 누구보다 잘 이해해 주리라는 것, 그러므로 안타까움과 따뜻한 마음으로 늘 상대를 배려해 주리라는 것이다.

에필로그

살아가면서 누구라도 한 번쯤 예상치 못한 고난을 만날 때가 있습니다. 돌아보니 제 삶에서 가장 힘든 시간으로 기억되는 그때 우리 가족은 날마다 동행해 주시는 하나님의 특별하신 사랑을 체험했고 딸은 자신의 진로를 확고히 찾아 들어섰으니 "고통에는 뜻이 있다"라는 말씀도 "잃는 게 있으면 반드시 얻는 것이 있다"라는 말씀도 잘 박힌 못처럼 제 가슴에 있습니다.

이 책을 읽으신 분들은 처음 발병의 원인이 무엇이었을까 궁금하실 것입니다. 자녀가 아토피를 가지고 있는 부모님은 더 그럴 것입니다.

저와 딸도 강남 피부과 의사가 말한 '독초처럼 강한' 그것이 무엇인지 찾느라 부단히도 애썼습니다.

피부과에서의 치료로 깨끗해졌던 얼굴에 다시 무섭게 발진이 돋았을 때 그 접촉 물질을 찾지 못해 병이 또 시작된 것으로 판단하고 우리 가족은 모두 그 물질을 찾는 데 혈안이 되었습니다.

도배, 새 소파, 중국 음식, 김치찌개의 소시지, 돼지고기....
무엇이 문제였을까요?
여전히 알 수 없는 어떤 물질 한 가지가 있었을까요?

저는 그렇게 생각하지 않습니다.

딸은 큰 탈 없이 잘 자랐지만, 체질적으로 아토피 인자가 있었고, 고2였기에 피로와 스트레스가 누적되어 있었고, 이사로 인한 피곤, 체질에 맞지 않는 밀가루, 기름, 소시지, 돼지고기와 같은 음식, 새 벽지를 바른 2월 중순의 밀폐된 방에서의 하룻밤, 이 모두가 복합적으로 작용해 이미 보유하고 있던 아토피 인자에 스위치가 켜졌다고 생각합니다.

동네 병원에서 처음 2주 치료의 초동 대처가 부실했다는 아쉬움이 큽니다. 그때 발진이 번지는 상황을 막았더라면, 하는 생각을 참 많이 했습니다. 그래서 요즘도 딸의 습진이 좀 심해지면 일단 스테로이드로 가라앉히라고 저는 권유하지만, 딸은 무던히도 참고 버팁니다.

강남 병원을 찾아갔을 땐 딸의 피부가 너무도 심각한 상태였기에 그 정도 함량의 스테로이드를 처방했다고 이해합니다. 그러나 병이 계속 반복될 때는 스테로이드의 용량을 더 높이는 대신 다른 치료를 권했어야 했다고 생각합니다. 의사를 신뢰하며 도움을 받을지라도 치료의 주도권은 환자가 가지고 있어야 하고, 턱없이 의사와 병원만을 의지해선 안 된다는 교훈을 뼛속 깊이 새기게 되었습니다.

저를 호통쳤던 약사님의 약국이 지금은 문을 닫아 다시 뵐 수 없지만, 자신의 역할과 본분에 충실하셨던, 그래서 치료의 터닝포인트를 만드셨던 그 약사님을 저는 존경하고 감사한 마음을 잊지 못합니다.

남도의 한의사는 딸의 피부병이 '위장에서 시작했다'라고 말씀하셨습니다. 이삿날 먹은 음식도 발병의 한 원인이 되었으니 평생 음식을 주의해야 한다는 경고로 들었습니다. 다섯 재 먹은 한약은, 천천히 그리고 꾸준히 딸의 몸속의 독소를 배출해 주었던 것이 확실합니다. 그랬기에 중국이라는 전혀 새로운 환경과 딸에게 잘 맞는 치료약, 그리고 유황 온천욕이 기적 같은 효과를 나타낼 수 있었습니다.

딸도 저도 그 시련의 과정을 지나오면서
우리가 매일 먹는 음식의 식습관,
날마다 반복하는 운동과 같은 생활습관,
희망과 긍정의 마음을 갖는 생각습관이
얼마나 중요하며 그것이 바로 우리의 면역력과 자연치유력에 직접 영향을 준다는 사실을 절실히 깨달았습니다.

딸은 그때 이후로 시간과 상황에 맞춰 수영, 요가, 필라테스, 마라톤, 발레 등의 운동을 꾸준히 하고 있습니다.

우리 가족의 근간을 흔들었던, 그리고 아직도 경계의 눈초리를 거둘 수 없는 우리 가족이 겪은 고통의 이야기를 세상에 내어 놓습니다.

이 이야기가 누군가의 가장 힘든 순간에 기억되고,
그 순간,
내미는 손을 붙잡아 주는 따뜻한 희망이 되었으면 좋겠습니다.

딸의 아토피 극복기

지은이 조혜경
디자인 김이연
삽화 김국화
발행처 지혜의언덕
초판발행 2024년 7월 22일
출판등록 제2022-000024호 (2022.03.11)
주소 성남시 분당구 운중로 242 리버스토리 501호
문의 전화 070-7655-7739 팩스 0504-264-7739
이메일 hkcho7739@naver.com

ISBN 979-11-979845-8-7 (03810)